KB230975

뺨에 서쪽을 빛내다

뺨에 서쪽을 빛내다

장 석 남 시 집

창비

차 례

동지(冬至)

생각 끝에,
바위나 한번 밀어보러 간다

언 내(川) 건너며 듣는
얼음 부서지는 소리들
새 시(詩) 같은,

어깨에 한짐 가져봄직하여
다 잊고 골짜기에서 한철
얼어서 남직도 하여

바위나 한번 밀어보러 오는 이 또 있을까?
꽝꽝 언 시 한짐 지고
기다리는 마음
생각느니,

뺨의 도둑

나는 그녀의 분홍 뺨에 난 창을 열고 손을 넣어 자물쇠를 풀고 땅거미와 함께 들어가 가슴을 훔치고 심장을 훔치고 허벅지와 도톰한 아랫배를 훔치고 불두덩을 훔치고 간과 허파를 훔쳤다 허나 날이 새는데도 너무 많이 훔치는 바람에 그만 다 지고 나올 수가 없었다 이번엔 그녀가 나의 붉은 뺨을 열고 들어왔다 봄비처럼 그녀의 손이 쓰윽 들어왔다 나는 두 다리가 모두 풀려 연못물이 되어 그녀의 뺨이나 비추며 고요히 고요히 파문을 기다렸다

싸리꽃들 모여 핀 까닭 하나를

한 덩어리의 밥을 찬물에 꺼서 마시고는 어느 절에서 보
내는 저녁 종소리를 듣고 있으니 처마 끝의 별도 생계를 잇
는 일로 나온 듯 거룩해지고 뒤란 언덕에 보랏빛 싸리꽃들
핀 까닭의 하나쯤은 알 듯도 해요

종소리 그치면 흰 발자국을 내며 개울가로 나가 손 씻고
낯 씻고 내가 저지른 죄를 펼치고 가슴 아픈 일들을 펼치고
분노를 펼치고 또 사랑을 펼쳐요 하여 싸리꽃들 모여 핀 까
닭의 다른 하나를 알아내곤 해요

오막살이 집 한 채

　나의 가슴이 요정도로만 떨려서는 아무것도 흔들 수 없지만 저렇게 멀리 있는, 저녁빛 받는 연(蓮)잎이라든가 어둠에 박혀오는 별이라든가 하는 건 떨게 할 수 있으니 내려가는 물소리를 붙잡고서 같이 집이나 한 채 짓자고 앉아 있는 밤입니다 떨림 속에 집이 한 채 앉으면 시라고 해야 할지 사원이라 해야 할지 꽃이라 해야 할지 아님 당신이라 해야 할지 여전히 앉아 있을 뿐입니다

　나의 가슴이 이렇게 떨리지만 떨게 할 수 있는 것은 멀고 멀군요 이 떨림이 멈추기 전에 그 속에 집을 한 채 앉히는 일이 내 평생의 일인 줄 누가 알까요

말린 고사리

말린 고사리 한 뭉치
무게를 누군가 묻는다면
하여튼 묻는다면
내 봄날을 살아낸 보람 정도라
답으로 준비한다
곰곰이 생각하여도
그러하였으니까

말린 고사리 두어 뭉치 더 담아서
이름난 백화점 봉지에 넣어서
사랑스런 분에게 주었다 치자
또 받았다 치자

잘 받아서 집으로 돌아가며 그 무게가 궁금은 하겠지만
우리들이 한 해 살아온 보람 정도라고는 생각지 못할 거야
그렇구 말구
말린 고사리

묵집에서

묵을 드시면서 무슨 생각들을 하시는지
묵집의 표정들은 모두 호젓하기만 하구려

나는 묵을 먹으면서 사랑을 생각한다오
서늘함에서
더없는 삶의 매끄러움에서
떫고 씁쓸한 뒷맛에서
그리고

아슬아슬한 그 수저질에서
사랑은 늘 이보다 더 조심스럽지만
사랑은 늘 이보다 위태롭지만

상 위에 미끄러져 깨져버린 묵에서도 그만
지난 어느 사랑의 눈빛을 본다오
묵집의 표정은 그리하여 모두 호젓하기만 하구려

물맛

물맛을 차차 알아간다
영원으로 이어지는
맨발인,

다 싫고 냉수나 한 사발 마시고 싶은 때
잦다

오르막 끝나 땀 훔치고 이제
내리닫이, 그 언덕 보리밭 바람 같은,

손뼉 치며 감탄할 것 없이 그저
속에서 훤칠하게 뚜벅뚜벅 걸어나오는,
그 걸음걸이

내 것으로도 몰래 익혀서
아직 만나지 않은, 사랑에도 죽음에도
써먹어야 할

휜칠한
물맛

허공이 되다

강아지를 가지러 왔다
한 마리를 슬며시 쓰다듬어 안으니
어미가 손안 새끼의 귀를 핥는다
입을 핥는다
이제는 영 이별이구나
대문 밖으로 나서서 새 주인에게 건네주어도
어미는 울음소리도 없이
그저 담 위로 두 발을 얹은 채
밖을 내다본다
나는 어느 쪽을 바라봐야 할지 몰라 잠시 허둥대었다
들어와 보니 어미는 남은 강아지에게로 가서
입을 핥아준다
그렇게 하나의 이별이 지나고
다음의 이별까지 어미개는
새끼들을 안고 핥고 먹인다
하는 수 없이 한참을 그 앞으로 가 앉아
꾹꾹 누르고 앉아 허공이 되어보기도 하다가
맨 나중엔 나의 일생을

삼켰다

문 열고 나가는 꽃 보아라

문 열고 나가는 꽃 보아라
꽃 위에 펼친 맵시 좋은 구름결들 보아라
옷고름 풀린 봄볕을 보아라

작약 한창인 때 작약밭에서 들리는,
어떤 늙은 할머니가 손주들을 대문 밖으로 내보내며 하
는 말소리를

업고 가는 중인
업혀가는 중인
아침 바람을 보아라

꽃 지고 잎 돋듯 웃어라
뺨은 웃어라
조약돌 비 맞듯 웃어라
유리창에 별 돋듯 웃어라

한옥 짓는 마당가

널빤지 위에 누워 낮잠 들어가는 대목수의 꿈속으로 들
어가
잠꼬대의 웃음으로 배어나오는
작약밭의 긍정 긍정 긍정 긍정

또 문 열고 나가는 꽃 보아라
또 문 열고 나오는 꽃 보아라
긍정 긍정 긍정 긍정

겨울 시금치밭

이 시금치들아
이 시금치들아

돌팔매로 들어온 돌이 간혹은 구르고 있어도
끼니는 좀 걸렀어도
이 시금치들아

무슨 새를 기다리나
무슨 새소리를 기다리나
새파랗기를……

적막(寂寞)도 소슬함도
달디단 동급생(同級生)
개똥도 개발자국도
아껴서 얼려둔

이 웃음 이 웃음
울 것 같은 이 웃음

시금치들아
시금치들아

얼다 녹고 다시 어는
2월 중순 밭머리에
칼칼한 여정(餘情)을 이층이층 꾸며놓은
시금치밭 밭머리에 한참을 섰어라
내 그림자를 포개 나누며 섰어라

작약

빈방에서 속눈썹 떨어진 걸 하나 줍다
또 그 언저리에선 일회용 콘택트렌즈 마른 걸 줍다
이 눈썹과 눈으로는 무엇을 보았을까
이 눈썹과 눈의 주인을 생각한다
눈물 위에 이걸 띄워서 무엇을 보았을까

작약싹 올라온다
작약꽃이 피어 세상을 보다가
떨어질 것을 생각한다

작약 겹겹 꽃잎 속에
이 눈의 주인과 내가
눈 꿈쩍꿈쩍하며 나눈 말을
숨겨두리라

작약,
숨겨두리라

석류 익는 시간

당신은 내게 비단을 주니

그걸 눈에 두르고
더듬어서 내 맘속 둥그린 항아리 속으로 들어가보네

항아리에 늘 허공이나 담아두는 당신의 뜻을 모르니
붉은 비단이나 두 눈에 곱게 두르고 들어가보면 알려나?

하늘이 온통 노을로 꽃핀
이 부러진 듯 시디신
석류 익는 시간

노을

하나,

아주아주 옛날의
시퍼런 하늘 속에
목단씨를 한주먹 쥐고
또 당신의 손을 한줌 쥐고
이 부딪히며 가서
목단 가꾸고
손 가꾸어
아지랑이 속을 헤엄치듯
한세상 살아야지

둘,

어머니 사온 새 신
좀 작은 듯하여도 그냥 신고
풀밭길 가듯
돌자갈길 생각 않고 그냥그냥 웃어가듯

우리 마음의 캄캄절벽도 꽃대처럼 그냥그냥 커 올라가
노을 하늘을 피우듯

셋,

종소리
종소리

하관(下棺)

여름의 끝

여름의 끝으로 물소리가 수척해진다
초록은 나날이 제 돌계단을 내려간다
나리꽃과 다알리아를 어깨에 꽂고 다녀간
구름도 이제 어느 집 내전(內殿)의 자개장에서나 보리라

노예와도 같이
땀을 쏟아가며, 진땀을 닦아가며
타고난 손금을 파내던 일을 이젠 좀 쉬리라, 여울목
여울물 소리가 수척해진다

불을 끄면

불을 끄면 모두 눈을 달고 살아나서 무서웠지
눈 감았지

철이 들면서 불을 끄면
다 보이지 않으니 좋다,
웃음이 솟아도
눈물이 불쑥 와도
좋다,
그렇다가도
끝내 다시 불을 켜서
한꺼번에 서른도 마흔도 또 쉰도 먹는 날이 있었지

불을 끄면
그대로 새벽 포구와도 같아져서
미끄러지는 미명들을 받아안고
맥박을 세지

입춘

아버지의 사진틀을 갈았다

수염을 깎은 듯 미소도 조금 바뀌었다

이발소를 데리고 가던 아버지의 손가락 마디가 두엇 없
던 손을 생각한다

언 몸을 금세 녹여주던 이발소의 연탄난로도 생각한다

연통에 쓱쓱 비누거품을 데우던 이발사의 거품붓도 생각
한다

전쟁통에 열 번을 살아나와 열한 번을

총알 속으로 되몰려갔다던 무심한 대화를 생각한다

아무도 몰래 어금니를 꽉 물던 아버지를 생각한다

이미 이십년이 가까워 얼굴 하관이 마구 빠져나오는 낡
은 사진틀을 새로 갈아

식탁 의자에 기대놓고 아버지의 관상을 본다

박복한 이마를, 우뚝한 콧날을,

어투를, 기침 소리를 형제들은 골고루 나누어 받았다

길지 않은 인중만은 아무도 물려받지 않으려 했으리─

허나 그도 알 수는 없다

날은 언제 풀리려나?

강추위다

돌절구에 물이 얼어 쩍하니 금이 갔다

할 수 없이 이번 봄엔 절구에 흙을 담아 꽃을 심으리

아버지가 가꾸던 꽃이 있었던가?

어느 핸가 샘가에 심었던 사철나무만 생각난다

늙도록 꽃도 없이 지루한 나무다

날은 언제나 풀리려나

기왓장도 반달도 새파랗게 얼어붙는다

부뚜막

부뚜막에 앉아서 감자를 먹었다
시커먼 무쇠솥이 커다란 입을 쩍 벌리고 있었다
솥 안에 금은보화와도 같이 괴로운 빛의 김치보시기와
흙이나 겨우 씻어낸 소금 술술 뿌린 보리감자들
누대 전부터 물려받은 침침함,
눈 맞추지 않으려 애쓰면서
물도 없이 목을 늘려가며 감자를 삼켰다
아무도 모를 것이다 감자를 삼킨 것인지
무쇠솥을 삼킨 것인지
이마 위를 떠도는 무수한 낮별들을 삼킨 것인지

눈물이 떨어지는 부뚜막이 있었다
어머니는 부뚜막이 다 식도록, 아궁이 앞에서
자정 너머까지 앉아 있었다 식어가는 재 위의 숨결
내가 곧 부뚜막 뒤의 침침함에 맡겨진다는 것을 짐작했
지만 나는 가만히
어머니의 치마 끝단을 지그시 한번 밟아보고 뒤돌아설
뿐이었다

마당 바깥으로 나서는 길에 뜬 초롱한 별들은
모든 서른 사람의 발등을 지그시 누른다는 것이
이후의 내 상식이 되었다 그로부터

천정이 꺼멓게 그을린 부엌 찬 부뚜막에 수십년을 앉아
서 나는
고구려 사람처럼 현무도 그리고 주작도 그린다
그건 문자로는 기록될 수 없는 서른 사랑이다
그것이 나의 소박하기 그지없는 학설
아무도 모를 것이다 나는 아직도 그것을 시(詩)로 알고
그리고 있다

나의 울음터

나의 첫 울음터는 어머니의 품이었겠지
그리고 그 울음은 그저 목화꽃 같았을 거야
품속이었을 테니까

나는 내가 울었던 장소들을 떠올려보네
열아홉 울음터는 어느 축대 밑이었지
그 울음은 축대처럼 가파른 스무살 때문이었지

해변의 어느 바위가 울기에 좋았지
한도 없이 밀고 오는 파도소리 때문은 아니었지
사랑이 그렇게 어찌할 수 없이 밀려온 때문만도 아니었지
늘 내 울음은 사사로운 것이었고
한번도 큰 울음을 품어본 적 없지

연암 선생 울음터를 가보고 싶네
나의 보잘것없는 울음터를 지나
광활한 그 울음의 넓이를 보고 싶네

하는 수 없이 지금 내 울음은
맨드라미 피어난 여름 뜰 앞에 두었네
뜰 모퉁이 봉숭아 그늘에 두었네
한 송이씩 한 송이씩 가꾸네

허나 어쩌나, 늙은 어머니는 그 앞에 더 오래 앉아 계시네

달밤

　내가 아는 한곳은 거, 달 떠올라오는 풍경이 예사롭지 않아 보름이면 수만 아이들이 깔깔대며 매달려 못 뜨게 하는 것 같고 그래도 빙긋이 웃으며 뜨는 것 같고 내가 사랑한, 아마도 저승까지 갈, 바지와 홑조끼와 스웨터를 골라 사듯 사랑한 그네는 조바심으로 또 서편에서 잡아 끌어당기는 것 같고 근데도 빙긋이 그저 그만그만히 바로 가진 못하여 하늘 정수리를 향하여 떠올라 가는 것 같고…… 내가 아는 한곳의 밤은 그러나 오늘은 흐려 달 없겠고 이미 보름도 다 지나 이지러진 채 그네처럼 먼데서나 지나가고 있을 것을 생각하면 혼자가 다시 혼자가 되고 흐린 하늘도 또 흐려서 출가자의 버릇처럼 향(向)도 없이 절이나 해보다가 파(罷)하고는 무릎이나 가슴 쪽에 오그려붙인다

어둠이 귀에 익어

이즘은 어둠이 귀에 익어
십리 안팎은 되는 듯 먼 데까지
귀는 나갔다 오고 나갔다 온다
이주하는 들쥐 일가를 데려오더니
구절초 시들키는 개울물을 가져온다
오늘은 이승을 긋는 별의 비명도 벌었다

아버지 제(祭)가 지나고 나서는
들어본 지 오래된 기침소리 한 지게
지고 온다

시린 연못물에 별은 참되고 참되다

도라지꽃밭

이태 전에 뿌린 도라지씨가
바위 틈에도
돌의 틈에도 또
내 오후의 눈길 틈서리에도
보랏빛 꽃 올렸는데
웬일인가, 주검을 삼킨 물빛처럼
쓰겁고 쓰거웁다

성글기는 또
제일로 서러웠던 노랫소리다

이태 전에 뿌린 도라지씨는
어느 따스한 손목을 놓치듯이
뿌리었던가?

겨울 연못

얼어붙은 연못을 걷는다
이쯤엔 수련이 있었다
이 아래는 메기가 숨던 까막돌이 있었다
어떤 데는 쩍쩍 짜개지는 소리
사랑이 깊어가듯

창포가 허리를 다 꺾었다
여름내 이 돌에 앉아 비춰보던 내
어깨 무릎 팔, 모두 창포와 같이 얼었다
그도 이 앞에서 뭔가를 비춰보던데 흔적 없다
열나흘 달이 다니러 와도 냉랭히
모두 말이 없다

연못에 꿍꿍 발 굴러가며
어찌하면 나에게도 이렇게
누군가 들어와 서성이려나
"이쯤은 내가 있던 자리"
"이쯤은 그 별이 오던 자리"
하며

돌들이 왔다

1
주문한 돌이 왔다
25톤 집채만한 차에 가득
산을 깨 왔다
축대가 되어 있는, 몇년 먼저 온 돌들은 반가운 기색이다
마당 한 귀가 나풀나풀 가볍다

2
토박이 돌 하나 멈춰서서
어디서 온 돌들이지?
골짜기를 내려오던 초저녁도 멈추어서
어디서 온 돌들이지?
냉이꽃들(버짐처럼 짓눌린 것도 있다),
어디서 온 돌들이지?
바람소리 서서
어디서 온 돌들이지?

3
우리는 모두 어디서 온 돌들이지?
우리는 모두모두 어디서 온 돌들이지?
그렇게 모두 흐느껴갈 적에
봄꽃 만발,

서서 앉아서
우리는 모두 어디서 온 꽃들이지?

쌀을 줍다

항아리에서 쌀을 푸다가 그만 한 홉을 쏟고 말았죠. 순간 과도한 낙망이 왔죠. 눈 달린 쌀들, 참으로 거룩한 웃음들의 흩어짐. 점점이 흩어진 흰 쌀들의 표정만은 점잖은 꽃밭이 겠습니다만 내 피의 눈은 거기 커다란 슬픔을 바라보고 있었음을……

내 살[肉] 속에 아주 깊이 숨었던 영(靈)들이 화르르 깨어나는 것을 알았죠. 그것은 결코 가벼울 수 없는 에피쏘드. 처음 있는 일은 아니었습니다만 혼자 저녁밥을 짓는 고요한 시간의 주름도 한 원인은 원인이었겠죠.

그만 쪼그려 앉아 두 손바닥을 모아 쓸어담고 움켜쥘 수 없이 흩어진 쌀알들을 두고는 그대로 쓸어버릴까 하다가 다시 한 알씩 줍기 시작했죠. 어떤 먹먹한 기운이 심장 깊은 곳에서 하나의 손길을 뽑아내는 것이었죠. 나의 손은 그 손의 움직임을 따라 쌀알들을 하나씩 하나씩 줍고 그것들은 손금 사이사이에 쌓이며 그 저녁이 되고 두툼한 슬픔이 되고 그리움이 되는 것을 알았죠. 뼈끝 간절한 조상들의 피가 되고 말씀이 되는 것을 알았죠. 그러다가 마침내는 한 청량한 별의 무리가 되는 것을 느꼈죠.

쌀을 쏟고
순간 밀려온 낙망의 메아리가
차디찬 겨울 밤하늘을 천둥처럼 울렸으니
쌀의 눈처럼 흩어진 별자리여
나의 발자국이 어떠한가!

마당을 쓸며

어둡는데 멧새들이 울어댄다
따라서 적막은 곱디곱다
하늘의 별은 곱은 주먹을 쥐었다 폈다 쥐었다 폈다

누가 희디희게 왔다 갔다
누가 희디희게 울다 갔다
나는 마당에 물 뿌리고 꽃을 쓴다

한때는 물결이었던 것들
거품이었던 것들
어느 밍밍한 차맛이라도 떠올리듯
쓴 입맛을 가시듯
때없이 마당을 쓸어보는 것이다.

하, 빗질 자국 위로
또 누가 오실라
오실라

오신다

바위를 씻는다

꽃밭 속에 넣은 바위, 보다가
호스를 대고 바위를 씻는다

씻으면 바위에서 무엇인가
나올 듯하지만 그저
바위야, 바위만 나와

흙도 다 씻기고 벌레집 다 허물어져도
그저 바위야
그래도 계속 물 뿌려 씻는다

좋아 좋아 좋아 좋아 하며 웃는
안에 무엇이 있는가봐
손바닥으로 착착 두드리며
바위를 씻는다

글씨를 말리고

古山 書室에서

붓을 잡아보고 '一字'를 배우고
붓끝을 세워서 잠두(蠶頭)를 마치고
또 수로(垂露)*를 마치고 창으로 들어온 뉘엿한 햇빛에
떨리고 서툰 획들을 말린 일이 있습지요
내 손에서 쏟아져나온 것인지
어깨에서 쏟아져나온 것인지
하여튼 붓으로 먹을 찍어 종이를 적셔나가다 보니 글쎄 어느 틈엔
몸에선지 맘에선지 글자들이 빠져나간다는 생각이 들었습죠
고산(古山) 선생님이 시키는 대로
그 획들을 말리는 사이에
봄이 가고 여름이 가고
콩이 여물고 겨울이
완당(阮堂)과도 같이 칼칼한 획들을 사위에 두르면
툇마루께에서 글자와 햇빛과 바람과 더불어 나는
뼈를 말리고 있을 테니
글씨를 말려보는 일은

젖은 마음을 미리 내어 말려보는
참 해볼 만한 일이라고 생각했습죠
아주아주 떨리는 일이었습죠

*서예에서 가로·세로 획의 마무리.

한아정(寒鴉亭)

겨울 정자엔 오르는 사람이 없어
바람 속에
지난 여름 앉았던 조붓한 어깨선들
구긴 습자지처럼 어른대네
술 마시며 흥얼대던 가람 선생 노래,
바람이 서늘도 하여 뜰앞에 나섰더니*
마른 잔디로 부스러졌네

두런대던 한 목소리는 암으로 누웠는데
마룻장 아래가 집인, 새끼 뗀 개가 덜덜 떨며
식은 짬뽕 국물을 핥아먹네
국물 뚝뚝 흘리며 불어터진 오징어다리 하나 물고 고개 들어
주인과 눈 맞추니
덧없는 다정(多情)
끌린 쇠줄이 바닥에 얼어붙네

*가람 이병기의 시「별」중에서.

46

北쪽 하늘 별 옮겨앉듯

하루를 탕진하고
별을 본다
후후 불면 숯불처럼 살아나거라
피리를 불랴? 살아나거라

한 두엇 천년이나 지났을까? 손톱 한번 깎고 나니
어느덧 숨 끝에 까무룩이 돋아나와 손등에 앉는
하늘의 문자들

北쪽 하늘 별 옮겨앉듯 들들들 읽어나가는데
하는 수 없이 껴안을 전율도 있어
또 한번 사랑을 탕진한다

숯처럼 앉아
별을 본다
피리를 불랴?
숨은
하늘

매화를 걸고

연전에 묻은 문밖 매화 등걸 들여다보니
아직 아무 기별 없어
흐린 그림자 여미고 들어와
홍매 그림을 풀어 동편 벽에 걸었다
매화는 옛사람들의 취미라는데 나는
낮이라도 썼고 앉아 옛날을 맞이할까?
왼편으로 주춤주춤 뻗은 가지엔 활짝 핀 꽃송이가 다섯
꽃망울은 셋,
꺾여서 나온 자리 되돌아보는 가지엔 넷이 벌었다
음, 음, 봉우리는 다섯
그중 나는 지금 어디쯤의 것이었으면 될 건가
되돌아볼 사랑이며
내다볼 하늘 청청한데

궁리 끝에 시린 어깰 지고 나가
매화 등걸 앞에 다시 앉는다
어스름에 저녁 종소리 가까워오듯
어둠이 오고

또 어느 눈동자가 오고
오고,

어느 해 낙산사 새벽종 치는 일을 권해 받았으나 하지 못한 것을 후회함

종소리가 온다 어느 절에서 오는지 모른다 나는 슬며시
방문을 밀고 나와 앉는다 좀더 맑게 온다 이제 몇번째인가?
나는 하던 일도 없어지고 해야 할 일도 없어진 채 그저 좀
더 앉아 있기로 한다 맛좋고 영양 많은 횟감용 생굴장수가
지나가는 그 위에 또 한번 종소리 덩 — 하고 울려온다

어느해 봄 불 타기 전 낙산사 뒷방에 얼마쯤 머물자고 청
했을 때 스님 한 분, 밥값으로 종두*일을 권했으나 그만 못
하고 말았는데 이제 와 후회한다

꽃 같은 손을 만들어 종을 밀어 때리면
뜰에선 목단꽃도 피었을 테지
목단꽃 겹겹처럼 곱디고운 뉘우침도 많았을 테지

후회는 기도를 낳고 나는
죽으면 동해에 움터오는 먼동이나 되어
어느, 밤 지새운 기도객의 맑은 눈자위에 불그스레 서려서
그를 보는 가슴을 아프게 할 거야

그를 보는 가슴을 꽃 쥐듯 아프게 할 거야

* 절에서 종 치는 일을 하는 사람.

술래 1

신발 벗어놓고 꽃 속으로 들어간 매화 분홍
신발 벗어놓고 열매 속으로 들어간 살구 분홍

신발 벗어놓고 겨울 속으로 들어간 첫서리의 분홍

신발장을 정리하며
지워지지 않는 분홍의 핏자국들을 만진다

나는 그 얼룩들의 술래였다

술래 2

사내의 곡괭이가 사내의 머리 위 하늘을 한번씩 찌른다
돌을 파내고 나면 삽으로 흙을 퍼낸다
파인 하늘에도 피가 흐르고 흉터가 남는다
무릎이 지평 아래로 잠긴다
허리가 잠긴다
그리고 조금씩 물이 고이기 시작한다
미망인과도 같은 물이 고여서
앙금을 가라앉히고는 차츰
사물을 비추기 시작한다
사내를 비추기 시작한다

나는 그 물그림자의 술래였다

돌층계

저무는 돌층계를 위에서 비스듬히 내려다보면
저 아래는 결코 흙마당이건만
철썩이는 붉은 꽃바다가 있는 것만 같아요
멀찍이 이만큼 서서 바라보니 다행이지
무슨 멀미 나는 운명들이 생겨나듯
풀잎들 노을을 이고 마당가를 철썩여요

막돌들을 업어다가 안아다가 놓고, 놓고, 놓고
또 두어 뼘을 재서 큰 모판이라도 밀어가듯이 판판히 놓
고 하여서
서너 층계를 만들었더니
오르락내리락 종교와도 같은, 의심과도 같은 리듬이 생
겨났습니다
배고픈 김에 묵은 김치 한 보시기나 며느리 몰래 먹고 물
마시고 나앉듯
무끈히 힘 빼며 올린 산돌 하나는 꽃 한번 피고 지니
그대로 그렇게 본토박이 할아버지가 되어 있습니다

이마에 자꾸 주름 잡히어

거울 보며 손가락으로 주름 펴면서도

돌층계 아래로는 여전히

꽃바다가 와서 수군대는 것 같아요

수락산 근처

　수락산 서편 흰 바위들에 저녁빛 놓인다 무당은 점 보러 들어가고 길은 엉거주춤 무안한 길이다 저 바위를 흘러내리는 비단결은 두루두루 감아두었다가 사랑이라도 묻어두는 데 쓰것다 사랑에 골병든 관절이라도 묻어두는 데 요긴히 쓰것다 서울 북부 점집도 많은 수락산 서편 흰 바위들, 드물게 지나는 이참에도 내 맘이 어떤지 귓바퀴도 커다란 꽃이 되어서들 점쟁이 이목으로 들여다보네

바위 그늘 나와서 석류꽃 기다리듯

바위 곁에 석류나무 심었더니
바위 그늘 나와서는 우두커니
석류꽃 기다리네

장마 지나 마당 골지고
목젖 붉은 석류꽃 피어나니
바위는 웃어
천년이나 만년이나 감춰둔 웃음 웃어
내외하며 서로를 웃어
수수만년이나 아낀
웃음을 웃어

그러니까
세상에 웃음이 생겨나기 훨씬 전부터
울음도 생겨나기 이미 전부터

둘의 만남이 있었던 듯이
우리 만남도 있었던 듯이

방

동백꽃이 피었을 터이다

그 붉음이 한칸 방이 되어 나를 불러들이고 있다

나이에 맞지 않아 이제 그만 놓아버린 몇날 꿈은 물고기
처럼 총명히 달아났다

발 시려운 석양이다

이제 나는 온화한 경치로 나지막이 기대어 섰다

아무도 모르는 사랑이 겹겹 벽을 두른다

동백이 질 때 꽃자리엔 어떤 무늬가 남는지

들여다보는, 큰 저녁이다

문 없어도 시끄러움 하나 없는

들끓는 방이다

처서

마른 빨래는 방안으로 던지고
덜 마른 빨래들을 처마 아래 건다

나뭇잎이 쩡쩡 소리내며 물든다

전기 검침원의 오토바이 소리 오솔길을 미끄러져 내려
가고
나는 바지춤이 풀린 줄도 모르고 그를 배웅했다

담장 밖에 아무렇게나 몸 버린 구절초는 구절초
빈 몸의 옥수숫대 끝에서 새가 울어
건너 산이 건너온다

이해가 가지 않던 일들 몇 내놓기 좋다
덜 마른 빨래를 한번 더 손에 쥐어본다

그늘 농업

양평 골짜기 소나무 바위 밭에 이끼농사를 지으시는 분

쓰고 남는 상품(上品) 그늘들 묵히기 너무나 아까워 매매
하시길

내가 아는 한 여자의 팔월 도라지꽃에 적당히 앉혀서 내
놓으시면

오명 가명 처음 보는 상품(商品)에 모두들 궁리가 깊어질
거야

녹음과 보라에 궁리를 더해가면서 어른 아이 할 것 없이
모여들 거야

묏에 쓰는 물건인지 궁금할 거야

눈웃음들 웃으며 궁리할 거야

아무도 사가는 이 없을 테지만

첫서리

옛날은 말씀을 첫서리로도 내려놓으신다
간밤엔 청량 하늘에 찬란한 수를 놨던 목소리들을
오랜 창호지 빛으로다 고루고루 말아 사뿐히 펼쳐놓으
셨다
언젯적 말씀이신지
아직 철없이 푸르던 것들은 다 수굿이 고개 숙였다
이대로 명이 끊어지는 것!
단호한 글자들이
구르는 벗나무 색동 잎사귀에도 곱디곱다

이제 모두 숨들을 삼키고 새 귀를 갖는다
첫서리 온 아침엔 모두 새파란 귀를 갖는다

강릉행

어쩌다가 나의 숨결은
겨울 강릉으로도 가 흐른다
경포 솔밭 속 청파여관 아궁이 앞
강아지 자던 자리 동그란 보금자리

솔바람은 싸늘해도
뺨이 시려도
숨결은 한손에 다른 한손 쥐고
또 한손에 바람 쥐고
이내처럼 흐른다
눌변(訥辯)의 발자국도 서성서성 여럿
흩어졌다 모이고
흩어졌다 모였다

청파여관 아궁이 앞
강아지 자던 자리 동그란 보금자리
어쩌다가 나의 숨결은
그런 데에 가 흐른다

묘지

  마른 갈대숲을 헤쳐 언덕을 올라갔습니다
  언덕에 올라가보니 갈대 고개가 꺾여 이어진 것이 내가
지나온 흔적이었고
  갈대는 정오의 빛들을 제 모습대로 꺾으며 흔들리고 있
었습니다
  잠시 나는 그 언덕에 서서 내가 왜 여기에 왔는지 잊었습
니다
  손등에 분홍 상처가 몇줄 나서 엷게 쓰렸습니다만 그것
은 아픔은 아니었습니다

  겹겹이 산 능선들이 부드러운 물결을 이루어 다가오고
있었습니다
  서두르는 기색은 하나도 없었고 헤아릴 수 없이 오랜 동
안 해온 일이건만 지친 기색도 없었습니다
  나는 잠시 그 능선들의 물결 위에 앉아서 내가 왜 여기에
있는지 잊었습니다
  조금 울렁이며 멀미가 있었지만 그것은 괴로움은 아니었
습니다

물질

나의 친구 김기찬은 잠수를 전문으로 이십년도 넘게 하고 있으므로 물속 일을 잘 알겠지
물에 들어가 일하노라면 물속까지 쫓아오는 하늘의 말씀도 있는지 물어보려 하네
내가 들어가보는 사랑의 물속엔 하늘의 말씀이 영 나타나지 않아 식은 땀이나 흘리기를 전문으로 한 지 오래인데 앞으로도 캄캄한 이마가 쉬 열릴 것 같지 않으니

물일이 전문인 김기찬에게 물어보려 하네
가장 깊은 혼자의 시간이니 그 안에서 일손 놓고 잠시 기도 같은 것도 하는지 물어보려 하네
욕설도 하는지 잠 없는 잠꼬대도 하는지
내가 들어가보는 그 물속에선 그런 일도 많거든
숨이 아주 꽉 막히면 어찌 헤어나오는지도 물어보려 하네

언젠가 제주 해녀가 물속에서 나와 분홍 만발한 꽃사과나무 같은 큰숨 내쉬는 것을 본 적 있네
그 숨 떠올려 보니 눈이 젖네

대설

함박눈 휘날리는데 나는
널따랗게 펼쳐진 대로변을
큰 황소나 너댓 마리
앞서거니 뒤서거니 세워 끌고서는
느릿느릿 어떤 굶는 여자나 많은
마을을 지나가고 싶다

그대로 움직이는 커다란 절간인 거야
그 대가람(大伽藍)의 배치 좀 봐
그렇지? 그렇지?
오, 바람 속 꽃송이야
전각마다 촛불 발갛게 타는
본 말사 천 간
풍경 소리 찬란하다

퇴계로 지나 어느덧 테헤란로 지나간다
출장안마 가던 아가씨 눈물 그렁그렁 바라보네

요를 편다

요는 깔고 몸을 뉘는 물건
사랑을 나누는 물건
어느날 죽음을 맞는 물건
도가(道家) 풍으로
요를 타고 하늘을 날고 싶거니
매미 우는 삼복 한여름에도
요를 펴고 누워
하늘을 부른다
몸은 요를 부르는 물건
사랑은 요를 부르는 물건
죽음은 요를 부르는 물건
꽃을 펴듯 요를 편다

나의 하관

발가락 끝에서 구름이 피어오릅니다

여전히 나는 말을 할 줄 알아서 섭섭한 이름들을 떠오르는 대로 부릅니다

민들레여 까마귀여 어버이여 형과 아우여 꺼지던 모닥불이여……

끙끙거리면서 내장이 무너지기 시작하고

눈빛은 친정집으로 아주 가는 여자처럼 처량히 눈을 빠져나갔습니다

가끔 세상에 놀라 가슴을 빠져나가지 못한 호흡들이 있었는데

어느새 굳어져 여러 가지 씨앗들도, 구근들도 되었습니다

어느 먼 훗날 새로 편 화투판 같은 봄날을 맞아 돋아날 것입니다

피투성이인 영혼을 여럿 모셨으니 피기둥처럼 피어나는 칸나도 있겠지요

아랫배에 모은 두 손은 더욱 낮고

동성했던 맘도 질투했던 맘도 함께 진물로 흐릅니다

무너진 뼈끝마다 뭉게뭉게 구름이 피어오릅니다

서쪽 1
가도 가도 서쪽인…… 이홍섭 구(句)

쩍— 갈라지는 부엌문 여는 소리. 개는 겨우 앞발 버티고 등을 치켜올려 기지개를 켜지만 알고 보면 그놈은 주인인지 객인지 구분도 없는 놈, 그저 찐 감자 껍질이나 얻어먹으러 오는, 제 친구 막내나 된다는 듯 다시 마룻장 밑으로 들어가고

허기진 창자를 삐뚜름히 비추는 저녁볕
노는 아지랑이

솥을 열다

서쪽을 열고
뺨에 서쪽을 빛내다

서쪽 2
입춘 부근

날로 더해가는,
저 사랑의 연합과도 같은 봄 파밭의 총기를
그냥 두고만 볼 수 없어서
머리 감고 길 나서자
사방에 가깝드라 바다와
수평선 가깝드라

수평선이 내 입술에 들어와
메마른 노래를 갈아주니
빛들이 수면을 뚜드리며 건너오고
나는 군내 나는 옛이야기도 뜯어 펼쳐서
바다에 주고 다시는 갖지 않기로 하고
노을까지 더디게 더디게 걷기로 하네

내 가질 사랑의 무게는
저 봄 파밭 빛깔의 그것이면 되리니
날마다 이마를 맵고 푸르게 깎으리

꽃차례

조팝꽃이 피면 기침이 오지
오래된 내 몸뚱이의 관습
그맘때 한 이별이 있었지
허리를 쥐며느리처럼이나 굽히고
쉰 기침을 쏟고 나면 이른 노을이 잔칫집 같았지

조팝꽃이 지나가면 모란이 오지
자줏빛 옛이야기 같은 모란이 오지
이마 뜨거운 이 있을 거야
혼이라도 가슴 싸늘한 이 있을 거야
모란을 보면서 미워한 이가 있었거든
허나 모란은 일찍 지는 꽃

어느 아침 나는 서운히 서서
모란이 있던 허공 언저리를 더듬어보지
점잖은 호수와도 같이
후회는 맑고

꽃이 피고 지는 사이
모든 후회는 맑아
다시 한차례 살아오르는
꽃 소식

11월

이제 모든 청춘은 지나갔습니다 덥고 비린 사랑놀이도 풀숲처럼 말라 주저앉았습니다 세상을 굶어보고자 한 꿈이 잘못이었다는 것을 안 것도 겨우 엊그제 저물녘, 엄지만한 새가 담장에 앉았다 몸을 피해 가시나무 가지 사이로 총총히 숨어들어가는 것을 보고 난 뒤였습니다

세상을 저승처럼 둘러보던 새 이마와 가슴을 꽃같이 환히 밝히고서 몇줄의 시를 적고 외워보다가 부끄러워 다시 어둠속으로 숨는 어느 저녁이 올 것입니다

숲이 비었으니 이제 머지않아 빈 자리로 첫눈이 내릴 것입니다 눈이 대지를 다 덮은, 코끝이 시린 아침 나는 세상에 다시 나듯 문을 열고 나서고 싶습니다 가시넝쿨 위로 햇빛은 무덤처럼 내려쌓일 것입니다 신(神)은 그 맨몸을 흐르던 냇가의 살얼음으로도 보이시고 바위틈의 침침한 어둠으로도 보이시며 첫눈의 해석을 독려할 것입니다

살던 집의 그림자도 점점점 길어집니다 첫딸을 낳은 아침처럼 잃었던 경탄을 되찾고 숲으로 이어진 길을 가려고 합니다 그리고 아득한 숲길이 되려 합니다 햇빛 아래의 가여운 첫눈이 되려고 합니다 누군가의 휘파람이 되려고 합

니다 밥과 국을 뜨던 소리들도 식어서 함께 바람소리를 낼
것입니다

인제에서

오랜만에 칠흑 밤길을 걸어가보니
꽝꽝한 소나무숲이 너 혼자 오느냐 묻고
나는 눈썹을 조금 떨고 지나쳐 산모퉁이에 이르렀다
저만치 귀신과 함께 쉰살이 서 있다

아, 나는 글씨체 하나 바뀐 것 없이
누구에게도 꽃대 하나 제대로 뽑아던진 바 없이
웃음의 절반을 이렇게 내놓는구나

조금씩 걸음을 빨리하여 산등성이를 넘어 나는
그대로 기러기떼가 되고 싶다

해마다 내 어린 잠결의 뒷밭에
커다란 달밤을 떠메고 내려앉아 쉬고 가던 기러기떼
어떤 지킬 언약이 꼭 있어서
분명히 그걸 가지고 가는 길이 아니라면
그러한 찬 밤하늘을 수놓는 울음의 순서가 있었을까?
나는 그 외롭고 추운 순서를 짐작하며

내 마음 앞서거니 뒤서거니 따라가고 싶다

커다란 붉은색 버스가 한 대 큰 행사를 끝내고 돌아오는
가보다
실내등 다 끄고 마을 운동장에 선다
초상이라도 났던가?
잔칫집이라도 있었던가?
몇사람 잔뜩 웅크리고 내려 인사시늉들을 하고 헤어져
간다

나는 웅덩이를 뻘쩍 뛰어 건넌다

간송 미술관 뒤뜰의 파초들

한소리 안할 수 없도록
간송 미술관 뒤뜰의 파초(芭蕉)들
그 안의 난죽(蘭竹)*보다도 더 많이 내겐
죽 늘어선, 견장을 한 이쁜 화분들보다도 더 많이 내겐
상품(上品)의 자비의 모양과 비애를 준다
시월, 파초는 제 그늘로도 시월을 늘이고서
시월을 외고 섰다
저물어가는 헛간 그림자 속 암탉의 알겯는 소리 같은
파초 그늘의 저것,
조선 말기와도 같고
일제 말기와도 같고
유신 말기와도 같고
내가 심어본 몇 모(苗)
정권의 말기와도 같은
저 시(詩)를……
외워야지
사랑의 말기와도 같은
또다시 미루고 싶고 끝내

뒤로 뒤로 미루고 싶은, 맨 뒤의 뒤로
미루어두고 싶은
그, 사랑의 말기와도 같은
시월 말, 파초의
저것을 외워야해
이마로 외워야지
이마로 외워야지
무릎으로, 무릎으로
등짝으로 외워야지
나는 나는 비애를 외워야지
온몸으로 외워야지

*2005년 가을 전시.

은둔자

나는 은둔자
산 속에 가만히 가부좌를 하고
별을 헤듯 돈을 센다
지적도를 보고 땅값을 계산한다
구약을 조금씩 읽으면서도
돈을 센다
돈은 나를 센다
나는 은둔자

험한 욕을 입에 담고는
반성하며 돈을 센다
이웃의 더한 속물, '참고로 그는 정치를 한단다'에게 쌍
욕을 해대고
멀쩡한 낯으로 거리를 나서서
평온한 거리를 어지럽힌다
다시 한차례 증오를 불사르고 나서 멀쩡한 낯으로
강단에 오른다
가증이 오고 가소로움이 온다

나에게 이렇게 많은 죄가 쌓이니
봄이 밀리듯 죄가 밀리니
씻을 길이 없다
나는 은둔자

나는 나의 죄를 사랑해야지
나는 나의 죄를 사랑해야지
나는 나의 죄를 용서받을 수 없으니 사랑해야지
이런 사랑의 힘을 또 사랑해야지
사랑의 포대기는 크기도 하지
사랑의 골짜기는 첩첩도 하지
욕 뒤에 숨어 또 욕을 한다
물소리를 붙잡고 욕을 한다
나는 은둔자

도인이 돈이지
돈 앞에 가만히 가부좌를 하고
물소리를 센다

대문

어느 새벽 한바탕 술판이 끝나 물컹물컹한 길을 걸어서 집에 당도해 보니 대문간 지붕 위에 배를 깔고 누웠던 호랑이가 두 귀를 뒤로 젖히고는 미안한 것처럼 슬금슬금 내려와 어정어정 빠르지도 않은 걸음을 옮겨 뒷산으로 간다 나는 그저 휑하니 빈 대문간을 놀라지도 않고 바라보다가 문을 따고 들어와서도 다시 뒤돌아 대문간을 바라보다가 구멍이 생겨 바람이 새듯 슬픔이 내 혼신으로 미어터지게 밀려들어오는 것을 힘에 겨웁게 안고 만다 그만 주저앉아 울어버리고만 싶다

이 문으로 들어오지 못하는 자가 너무 많다
이 문으로 들어설 수 없는 자가 너무 많다
이 문으로 들어오고 싶지 않은 자가 너무 많다

한때 나의 집 대문은
다알리아 같은 것이었고
줄 끊겨 날아간 방패연 같은 것이었고
시들시들한 고추모 같은 것이었고

찔레덩굴 같은 것이었고
등잔불 같은 것이었다
꽃 같은 것이었고
바위 같은 것이었다
원(元)코 형(亨)코 이(利)코 정(貞)코……
고전을 따라서 네 귀마다 하늘을 매달아도
이 대문을 나서는 데가 결코 사랑 같지 않다
사랑이 결락된 이 대문을 어떻게 호랑이는 찾아왔던 것
일까

다시 호랑이가 대문간 지붕에 배를 깔고 앉아 있어도 나
는 놀라지 않을 작정이다
한바탕 소나기같이 지나간 호랑이여
나의 집 대문간 지붕에 앉았다 간 호랑이여
다시 와 나를 물어뜯어다오
굶주린 나를 뜯어먹어다오
다알리아 같은 대문을 밀고 나를 찾아와다오
아니아니 훌쩍 대문간 지붕을 넘어 나를 찾아와다오

변기를 닦다

똥이 튀어 변기를 닦았다
나의 윤리
불혹이 넘어 겨우 찾은
생활의 윤리
내 방황의 뿌리가 여기였는가?
그 이후로는
소변을 흘리지 않으려 애쓰고
경솔을 흘리지 않으려 애쓰고
가난을 흘리지 않으려 애쓰고
돈을 성욕을 흘리지 않으려 애쓰고
바람 속을 걸어본다

엿새째 이어지는 설사를 나는
논어를 공부하듯
복음서를 공부하듯 엄숙히
내면에 들여본다
속곳에 지린 것도 몰래 헹구어 내놓고는
윤리를 생각한다

윤리의 무늬를 지우고
윤리가 감춘 죄를 생각한다
설사에 대해서
불현듯 고장난 장에 깃든
사랑에 대해서 생각한다

이슬비는 새벽 내내 처마 끝에 모여들어 한방울씩 떨어
진다

너무 늦지

人類의 종언의 날에
너의 술을 다 마시고 난 날에
美大陸에서 석유가 고갈되는 날에
그렇게 먼 날까지 가기 전에 너의 가슴에
새겨둘 말을 너는 都市의 疲勞에서
배울 거다
— 金洙暎

전문학교를 나와도 영어 두어 마딜 할 줄 몰라 일종 콤플렉스가 되어도 영어공불 안하고 대신 한문자나 좀더 익혀보려고 하는 것은 중국이 먼저 내 유전자 속의 대국이었기 때문인지 모르지. 전철 간에서 영어 쑤왈라가 유난히 크게 들려 돌아보니 양놈 앞에서 그보다 몇배 더 크게 떠드는 쓸개 빠진 한국놈이 여간 자랑스럽지만은 않았던 것도 아마 내 유전자 속의 그것 때문이었는지 모르지.

이제 막 젖 뗀 아이들에게 혀가 굳기 전에 영어를 가르쳐야 한다고 봄꽃이 하얗게 핀 길을 걸어서 가는 이 땅의 배운 여편네들도 있다지만 그럴 때마다 나는 마치 옛날 양반인 양으로 '모두 역관(譯官)들을 시키려고 그러나?' 그렇게 나를 속여본다. 내 영어 못하는 생각에 미치면 부끄럽기도

해야 하건만 그것보다는 먼저 그 배운 여편네들을 따라가야 할 텐데 우리 애들만 너무 늦은 건 아닌지, 게으른 건 확실하다만 '이러다 너무 늦지! 혀가 굳은 다음엔…… 아니 아니 이미 늦었지!'

— 사제관이나 목사집이나 무당집이나 대감집이나 청와대나 할 것 없이 봄볕 모퉁이 오랑캐꽃이 피어 있다.

— 아파트 공사장 앞에는 위액처럼 개나리꽃이 엎질러졌다.

— 목련꽃이 산모퉁이에서 홀로 매 맞고 나와 앉은 아이같이 지고 있다. 혀가 굳어지고 있다.

정직이 이렇게도 좋지만 그러나 비애는 정직보다 곧고 빠르지
정직은 저렇듯 너무 늦지
봄도 여름도 가을도 너무 늦지

겨울도 너무 늦지
너무 늦지

봄도 없이 피었다 지는 꽃아
꽃아
가을도 없이 맺는 열매야
너무 늦지

속초에서

속초 중앙시장 한가운데 빨간 고무 다라이

맑은 핏물 살얼음 속 허연 돼지머리가 가만히 눈감고 하늘을 향했다 아마도 처음이리

설마 목을 도려낸 자의 배려는 아니겠지

죽어 하늘을 보고 싶었는지 모른다고 애써 생각한다

아직 미간에 방울소리가 묻은 햇무당이 장을 보러 와서 눈여겨본다

설악산에서 왔을까?

부둣가에서 왔을까?

핏물 속에서 하늘을 우러러 제 호와 홉을 내놓고 허드렛 고기가 되는

고전적 사랑의 기술

나를 끓여 찬밥을 넣어 말아먹으렴!

싸고 뜨거운,

그리고 언제나 비린 사랑이여!

나의 노독(路毒)이여

시를 다 지우다

새벽빛도
홑겹만 남고

시인으로서도 참으로 오랜만에
새벽뿐인 자리에 떨고 앉아
공복을 즐기다

언제 스민 건가?
먹물 스민 손톱을 보며
그믐달처럼 웃는다

공복 창자의 이랑마다
무슨 꽃씨를 뿌릴까
무슨 망아지를 풀어볼까

시의 나라의 국경을 부수고
시의 마을의 약도를 지우고
시를 지우고

시의 자리에 앉아
어라,
아침이 와서
함께 덜덜 떨다

흐르지 않는 시간, 다시 태어나는 공간
죄의 심연을 들여다보는 묵가의 시

최창근

그날 그는 그곳에 있었다. '시인 최하림 회원 별세, 24일 토요일 오전 발인.' 한국작가회의에서 보낸 한 통의 짧은 문자메씨지를 받은 것은 4월 중순의 어느 흐린 오후. 시인이 편찮으시다는 얘기를 그전부터 풍문으로 전해 듣고 있었지만 나는 그 누구에게도 세세한 근황을 물어보지는 않았다.

빗방울 몇점이 후드득거리던 약간은 추운 봄밤, 노시인의 제자인 장석남 시인이 문우들과 함께 늦도록 빈소를 지키고 있었다. 시인 몇몇, 소설가 몇몇. 자정이 넘은 첫날 노시인의 빈소엔 우리들 외엔 아무도 없었다. 썰렁한 빈소의 분위기를 애써 무마하기 위함인지 그를 포함한 작가 몇이 농담을 늘어놓았고, 새벽이 밝아오기 몇시간 전 그곳에 모인 사람들은 뿔뿔이 흩어졌다. 나는 그와 집 방향이 같았기에 한 택시를 잡아탔다. 우리는 각자의 집으로 숨어들지 못하고 중간에 대학로에 내려 그가 자주 찾는 꼼장어집으로 2차를 갔다. 그곳에서 노시인과의 인연에 대해 두런두런 두서없이 털어놓는 그는 퍽 외로워보였다.

대학시절, 그의 시를 즐겨 읽고 친구들과 그 시에 대해 자주 얘기 나누던 나는 시집 속에서 언제나 소년처럼 환하게 웃고 있는 그와 20년 후에 한동네 주민으로 만나게 될 줄은 진정 몰랐다. 노시인의 조문을 갔다 온 며칠 뒤 그가 술자리에서 반 농담처럼 슬쩍 운을 뗐던 제안, 그러니까 새로 나오게 될 시집에 대한 발문을 정식으로 부탁했다. 나는 기꺼운 마음으로 반갑게 그 특유의 짓궂은 사랑의 표현을 받아들였다.

*

삶의 비극은 인간이 너무 일찍 늙고
너무 늦게 철이 든다는 것이다.
―삐에르 신부

시인 장석남이 여섯번째 시집을 묶어 독자들에게 선을 보이게 됐다. 1987년 스물둘의 젊은 나이에 등단을 해서 4년 만에 첫시집을 낸 후 일약 문단의 기린아로 주목을 받아온 지도 어느덧 20여년의 세월이 흘렀다. 시인 자신 역시 이십대와 삼십대의 젊음을 뒤로하고 어느새 불혹을 넘기고 마흔 중반의 나이로 접어들었다.

시인의 시에 첫 해설을 붙인 홍정선은 그의 시를 가리켜 추억 속으로 혹은 고향으로 가는 언어들이라는 뜻에서 '뒤로 걷는 언어들'이라 명명했다. 첫시집 후로도 시인의 시에는 '이곳의 삶과 가장 멀리 떨어진 옛날의 삶, 초월의 삶을 꿈꾸는 상상력'(진형준)이라거나 '비관적 전망대에 서 있는 세계'(최하림) 또는 '윤리적 거리에서 비롯되는 서정'(김연수) 등의 레테르가 붙여졌다.

지금까지 그의 시에 붙은 수사들은 조금씩은 다르지만 기본적으로 진형준이 부여한 "아프게 사는 것, 시름시름 사는 것, 힘겹게 사는 것이 바로 꽃핌, 비상의 조건이라고 노래하는 상상력" 혹은 "보통의 상상력으로는 결합시키기 어려운 대상들을 자연스레 연결시키는 시인의 상상력" "타인을 향한, 타인의 삶을 향한 한없는 연민과 사랑으로 충만할 때 가능한 상상력"이라는 범주에서 크게 벗어나지는 않은 듯하다. 그의 시의 특징을 언급할 때 자연스럽게 들어오는 새와 달 바람 꽃 별 같은 사물들과 삶의 숨결이나 마음의 풍경을 지시하는 아련하고 흐릿한 어떤 쓸쓸함의 정서들 그리고 따뜻함과 순함, 여린 물기 같은 단어들 역시 앞에서 거론한 수식들의 연장선 위에 놓여 있다.

그런데 이렇듯 아름다움 사랑 고요 등을 상징하는 섬세하고 민감한 언어에 머물던 시인의 시에 새로 '죄의식'과 관련된 구절이 자주 발견되는 것은 다섯번째 시집 『미소는, 어디로 가시려는가』부터다.

'죄의식'이 생활 속의 비애로 전이되는 시들, 가령 「내면으로」나 「목돈」 「치졸당기」 「시인은」 「옛 친구들」 「나아가는 맛」 「나의 사치(奢侈)」 '정자' 연작 같은 시들은 그동안의 시인의 주요한 시적 특징을 대변하는 「몇 개의 바위와 샘이 있는 정원」이나 「미소는, 어디로 가시려는가」 「겨울날」 같은 시들과는 분명히 다른 지점을 향해 획을 긋고 있는 것처럼 보인다. 이렇게 생활 속에서 언뜻언뜻 감지되던 죄의식은 이번 시집에서 좀더 구체적이고 노골적으로 드러난다. 「싸리꽃들 모여 핀 까닭 하나를」이 대표적인 시이다.

한 덩어리의 밥을 찬물에 꺼서 마시고는 어느 절에서 보내는 저녁 종소리를 듣고 있으니 처마 끝의 별도 생계를 잇는 일로 나온 듯 거룩해지고 뒤란 언덕에 보랏빛 싸리꽃들 핀 까닭의 하나쯤은 알 듯도 해요

종소리 그치면 흰 발자국을 내며 개울가로 나가 손 씻고 낯 씻고 내가 저지른 죄를 펼치고 가슴 아픈 일들을 펼치고 분노를 펼치고 또 사랑을 펼쳐요 하여 싸리꽃들

모여 핀 까닭의 다른 하나를 알아내곤 해요
—「싸리꽃들 모여 핀 까닭 하나를」 전문

이 시에서 화자는 "어느 절에서 보내는 저녁 종소리를" 들으며 "생계를 잇는 일"의 "거룩"함을 깨닫고는 삼라만상이 거기 그렇게 존재하는 생의 섭리를 몸 자체로 습득한다. 부지불식간에 껴안은 삶의 비의는 "내가 저지른 죄"의 자각으로 옮겨가고 나는 그로부터 "가슴 아픈 일들"과 "분노"와 "사랑"을 동시에 확인한다. "개울가로 나가" 부끄러움을 씻어내려 하지만 그것이 잘될 리 없다. '죄'에 대한 자의식이 너무 큰 탓이다.

이 시 외에도 이러한 죄의식이 생활 속에서 체감하는 세속적인 부끄러움에서 출발하고 있음을 보여주는 시들이 「은둔자」와 「대문」, 「변기를 닦다」 등이다. 가령 "나에게 이렇게 많은 죄가 쌓이니/봄이 밀리듯 죄가 밀리니/씻을 길이 없다"(「은둔자」)는 솔직한 고백이나 "이 문으로 들어오지 못하는 자가 너무 많다/이 문으로 들어설 수 없는 자가 너무 많다/이 문으로 들어오고 싶지 않은 자가 너무 많다" (「대문」)는 직접적인 토로, "윤리의 무늬를 지우고/윤리가 감춘 죄를 생각한다"(「변기를 닦다」) 같은 다소 충격적인 자술들은 가히 사제 앞에서 털어놓는 고해성사와도 같은 느낌을 강하게 불러일으킨다. 의식의 강도는 약하지만 「불을 끄면」이나「쌀을 줍다」「술래 1」「묘지」「나의 하관」「11월」
은 흡사 윤동주 시의 어느 부분을 연상시킬 정도이다.

일반적으로 종교적 관점에서 파악할 때 '죄(sin)'는 도덕
적인 잘못이나 악으로 간주된다. 집단적인 죄의 개념을 지
녔던 일부 고대사회에서는 원초적이고 행복한 순진무구
한 상태로부터의 '인간적인 타락'을 가리켜 죄로 명명했다.
신학자들이 '자기가 범한 죄(actual sin)'와 '원죄(original
sin)'로 구분하면서도 보통 일상적인 의미에서 범한 말과
행동, 생각의 오류와 악행인 전자를 일러 죄라 한 것 또한
이와 무관하지 않다.

그런 차원에서 장석남의 최근 시들에서 엿보이는 부끄러
움과 죄의식은 다분히 세속적인 욕망과 관련이 깊다. 시인
자신은 이를 어느 술자리에선가 자기비하의 방식을 빌려
'교활의 바다'이라고 했지만 그것은 어쩌면 죄가 내면화되
는 방식의 다른 이름일 듯하다. 바꾸어 말하면 스스로 마련
한 도덕적인 거울을 통해 자신이 타락해가는 과정을 지켜
보는 한 사내의 곱고 조용한 내면에 죄의식이 깃들지 않을
리 없다. 왜냐하면 자기 안에 깃든 유한함을 자각하고 자기
의식을 총체적인 관점에서 바라볼 수 있는 자만이 진실로
부끄러움을 사유할 수 있기 때문이다. 그래서일까. 유한자
가 흔히 저지를 수 있는 되풀이되는 실수와 옳고 그름에 대
한 반성과 성찰이 이번 시집의 근간을 이루고 있는 것은 결

코 우연이 아닐 터이다.

잠시 스쳐지나치는 것들에 대한 사랑이나 아련하게 사라지는 것들에 대한 연민이 무간지옥과도 같이 아우성치는 세속의 거친 물살에 휩쓸려갈 때 일상의 시공을 견뎌야 하는 시인이 선택할 수 있는 길은 무엇일까 추측해보는 일은 그리 어렵지가 않다. 사족처럼 덧붙이자면 최근의 한국 사회에 죄의식과 연관된 문학작품과 영화가 늘어나는 것은 역설적으로 이 사회가 부끄러움을 망각한 불감증의 천국으로 변해가고 있음을 반증하는 것이기도 하다.

삶에 의미가 있다고 믿는 것이 바로 희망이라는 신조를 간직한 채 한평생을 빈민의 삶을 위해 헌신한 프랑스의 한 신부가 천명한 잠언처럼 인간의 몸이 나이가 들어 늙고 쇠락하는 것에 비해 생에 대한 깨달음은 늘 뒤늦게 찾아오는 법이다. 그러기에 위의 시들을 보면 그의 시가 변화하는 자리, 다시 말하면 시인이 앞으로 나아가려 하는 행로와 거취를 미루어 짐작할 수가 있다.

*

모든 태어나서 사라지는 법이어!　　　　一切有爲法
꿈과 같고 환영과 같고 물거품과 같고 그림자 같네.　如夢幻泡影
이슬과 같고 또 번개와 같아라.　　　　如露亦如電

그대들이여 이같이 볼지니.　　　　　　應作如是觀

　　　　　　　　　　　　　　　　　　　— 금강경

　장석남의 시에서 모든 미래와 과거의 시공이 모이는 '지금 – 여기'는 뜻밖에도, 그러나 한편으로는 너무나 당연하게도, 시인의 가족사와 연계되어 표출된다. 「입춘」에서 시의 화자는 현재 자신의 집 식탁에서 아버지의 사진틀을 갈며 지난날 아버지와 함께 갔던 이발소를 떠올린다. 아버지와의 추억을 매개하는 대상은 사진틀이지만 작품의 후반에 가면 "날은 언제 풀리려나?" 같은 구절이 느닷없이 끼어들면서, 결국 과거의 공간을 불러오는 기제가 "돌절구에 물이 얼어 쩍하니 금이" 갈 만큼 추운 현재의 시간임을 암시한다. 그리하여 아직 오지 않은 미래의 봄은 과거의 공간인 이발소를 거느리고 지금 – 여기, 화자가 서 있는 식탁으로 귀환한다. 그래서 이 시의 제목은 역설적이게도 한겨울 속에 눌러앉은 여전히 도착하지 않은 봄, 그 봄이 들어서는 자리 '입춘'이다.

　「부뚜막」에서도 이와 같은 양상은 그대로 드러난다. 화자는 낮에 부뚜막에 앉아 감자를 먹으며, 밤늦도록 부뚜막에 앉아 있던 그 옛날 어머니를 떠올린다. 과거로 회귀한 화자는 거기서 머물지 않고 어느 순간 현재로 되돌아온다. 화자의 기억 속 어머니가 지금 – 여기로 스며들면서 비로소

'부뚜막'이라는 공간은 화자와 어머니가 함께 머무는 장소로 다시 태어난다. 이 작품에서 시간은 절대적으로 존재하거나 직선적으로 흐르는 것이 아니라 어느 지점에서 불현듯 '나타난다'고 볼 수 있다.

또다른 시 「달밤」에서 "내가 아는 한곳"은 "달밤"이라는 시간적 배경에 의해 '따로 또 같은' 곳으로 묶인다. 반대로 「나의 울음터」에서는 "맨드라미 피어난 여름 뜰 앞"이라는 지금 - 여기의 시공 속으로 전혀 다른 시간대에 놓인 "나의 첫 울음터"와 "열아홉 울음터", "연암 선생의 울음터"가 조화롭게 공존하면서 수렴된다. 「겨울 시금치밭」이나 「겨울 연못」처럼 아예 제목 자체에 시간과 공간이 나란히 병치된 경우도 여러 편이다. 그러하기에 「돌들이 왔다」에서 시적 자아가 자신이 주문한 돌을 보면서 "우리는 모두 어디서 온 돌들이지?" 혹은 "우리는 모두 어디서 온 꽃들이지?"라고 되묻는 구절들은 앞에서 언급한 장석남 시의 특징을 고스란히 함축해서 보여주는 표현일 터이다.

공간 - 시간을 양자역학적 관점에서 해석한 아인슈타인 - 뽀돌스끼 - 로젠의 사고실험이나 파인만 이론에 따르면 이 세계에서 '분리된 부분' 같은 것은 실제 존재하지 않고 이곳과 저곳은 연결점에 의해 묶여 있으며 시간 역시 단지 앞으로 나아가는 것이 아니라 굴절을 통해 역류하거나 흐르지 않는다고 한다. 결국 공간과 시간은 절대적으로 존재하거나 흐르는 것이 아니라 단지 '나타나는' 것. 아인슈타인의 선생이었던 수학자 민꼬프스끼도 우리가 살고 있는 세계를 4차원의 시공간 연속체로 볼 때 각 개인의 모든 과거와 미래는 단 한 점 '지금(now)'에서 만난다고 했다. 그러니까 현재는 '여기(here)'가 아닌 다른 곳에서는 결코 발현되지 않고 '지금 – 여기'는 모든 공간과 시간이 수렴되는 점이라는 뜻이다.

이러한 현대물리학 이론의 시공간에 대한 설명과도 상통하듯 자연스럽게 뒤섞인 시간과 이어진 공간이 서로 넘나드는 열린계에서 활발하게 움직이고 있다는 점이 장석남 시가 품고 있는 독특한 면모이자 매력일 터이다. 그렇게 나타났다가 사라지고 역류하면서 다시 태어나는 시공은 불교의 한 경전에도 나와 있듯이 꿈과 현실, 실재와 환영의 경계를 지우거나 허물면서 존재의 영혼 안에 모든 권위와 일체의 법과 제도를 부정하는 '깨달음'의 둥지를 튼다.

*

산골로 가는 것은 세상한테 지는 것이 아니다.
세상 같은 건 더러워 버리는 것이다.
— 백석

그는 천성적으로 마음이 뜨거운 사내다. 나는 그러나 어느 순간 그 뜨거움 속에 녹아 있는 말 못할 쓸쓸함을 발견하고 흠칫 놀라고 만다. 겉모습이 귀공자처럼 생겨서 젊은 시절 한때 영화배우로도 캐스팅된 적이 있지만 그는 사실 섬사람이다. 섬사람이 섬을 떠나 도회로 와 문명인이 되려 할 때의 슬픔을 나 역시 조금은 알 듯하다. 그래서인지 겉으로는 쾌활하고 낙관적인 사람처럼 보이는 그는 실은 굉장히 우울한 사람이다. 모르긴 해도 그 외로운 심사를 짐작해보건대 그는 전형적인 내성형의 인간이라고 할 수밖에 없을 듯싶다. 추사가 자신의 자화상에 붙인, "이 사람이 나라고 해도 좋고 내가 아니라 해도 좋다. 나라고 해도 나이고 내가 아니라 해도 나이다. 나이고 나 아닌 사이에 나라고 할 것도 없다"는 말은 정확하게 요즈음 장석남의 심경을 비추는 말이 아닐까.

　그럼에도 불구하고 이번 시집에서도 사랑에 관한 시인의 곡진한 마음은 선연하게 살아 있다. 「뺨의 도둑」이나 「오막살이 집 한 채」 「방」 같은 시들을 보라. 또 그러한 시선 아래에서만 잡히는 빛나는 수사들, 이를테면 "미망인과도 같은 물"(「술래 2」)이나 "분홍 만발한 꽃사과나무 같은 큰숨"(「물질」) "허리를 쥐며느리처럼이나 굽히고 쇤 기침을 쏟고 나면 이른 노을이 잔칫집 같았지"(「꽃차례」) "해마다 내 어린 잠결의 뒷밭에 커다란 달밤을 떠메고 내려앉아 쉬고 가던

기러기떼"(「인제에서」) "저물어가는 헛간 그림자 속 암탉의
알겯는 소리"(「간송미술관 뒤뜰의 파초들」)처럼 생명이 품고
있는 싱싱한 감각 자체에 호소하는 참신한 표현도 눈에 띤
다. 그러니까 거칠게 말하자면 '사랑의 시인' 장석남이 그
사랑을 사회화하는 '생활의 시인' 장석남으로 변모해가는
과정은 「문 열고 나가는 꽃 보아라」처럼 미당의 자취가 어
른거리는 시와 김수영의 기운이 느껴지는 「너무 늦지」 같
은 시 사이의 간극, 그 거리감에서 발견할 수 있다.

일반 독자들이 이제껏 그의 시를 통해 체감했던 장석남
은 인간에 대한 도리를 다할 줄 아는 양식있고 예의바른 시
인이었을 터이다. 그의 시를 읽다보면 시인 스스로가 세상
을 살아가는 이치나 보편타당한 윤리적 덕목을 일찌감치
터득한 듯한 느낌이 든다.

예법을 숭상한 공맹의 사상에서 삶의 근거를 찾으며 때
로는 세속을 등진 노장의 드넓고 활달한 시풍에 영향을 받
은 직관과 비약으로 가득 찬 상상력을 선보이기도 하는 그
이지만 그의 시에 현실에 안주하는 자신에 대한 자괴감과
부끄러움이 들어오면서부터는 오히려 서로 나누고 사랑하
라는 '겸상애(兼相愛)'와 '교상리(交相利)'의 설법을 펼쳤던
중국 춘추전국시대의 저 유명한 묵가의 행적을 닮아가는
듯도 하다. 예수와 부처처럼 한 시대의 혼란은 서로가 사랑
하지 않기 때문에 생겨나는 현상이라고 보았던 묵자는 사

회 안에서 발생하는 불평등과 부정의 역시 노동을 통한 보편적인 사랑, 곧 인류애로 극복해야 한다고 했다.

그가 좋아하는 한 세기 전의 한 선배시인은 더러운 세상을 먼저 버리기 위해 사골로 들어간다고 했지만 장석남은 거꾸로 세상이 더럽기 때문에 그 더러운 세상에서 부끄러움을 무릅쓰고 자신의 몸을 섞으려 한다. 여기 자신의 치욕과 설움을 재산 삼아 모든 과거와 미래의 추억과 가능성을 현재의 한 점으로 불러들여 스스로 연소시키는, 행복해서 불우한 비극적인 시인이 있다. 그를 둘러싸고 있는 생활의 비루함에 끝까지 자신의 그림자를 드리우고 있는 한 그는 늘 현재진행형의 비극적인 시인일 수밖에 없다.

그러하니 그 시인이 쓴 아래의 시는 여섯번째 시집을 내고 난 후 이전의 세계와 결별하고 시인 자신이 새롭게 걸어갈 '다른 시'의 여정을 미리 슬쩍 넘겨볼 수 있는 여지를 남긴다고도 말할 수 있지 않겠는가.

여름의 끝으로 물소리가 수척해진다
초록은 나날이 제 돌계단을 내려간다
나리꽃과 다알리아를 어깨에 꽂고 다녀간
구름도 이제 어느 집 內殿의 자개장에서나 보리라

노예와도 같이

땀을 쏟아가며, 진땀을 닦아가며
타고난 손금을 파내던 일을 이젠 좀 쉬리라, 여울목
여울물 소리가 수척해진다

—「여름의 끝」전문

*

　그의 집은 성북동에 있다. 그의 표현을 빌리자면 "부자들, 세력가들이 사는 동네"가 아니라 "성북동 비둘기라는 시적인 동네"(산문집 『물 긷는 소리』)에 살고 있는 것이다. 그의 집 위에 서울성곽이 있고 서울성곽은 북악산 등산로로 이어진다. 만해의 마지막 거처인 심우장과 상허 이태준의 생가를 개조한 운치있는 찻집 수연산방, 혜곡 최순우의 유품이 보관돼 있는 최순우 옛집, 가끔씩 옛 그림을 들여다볼 수 있는 간송미술관, 아직까지 남아 있는 권진규 아뜰리에 그리고 얼마전에 입적한 법정 스님의 자취가 묻어 있는 길상사도 그의 집 근처에 자리잡고 있다.

　그런가 하면 21세기의 희귀한 예술가인 연극쟁이들과 그보다는 조금 더 부티 나는 영화배우들, 화가와 사진작가와 가객들이 모여살기도 한다. '쌍다리길'로도 불리는 그의 집 바로 밑에는 '덴뿌라'라는 촌스러운 이름이 붙은, 탁자가 단 두 개뿐인 선술집이 있다. 동네 주민인 딴따라들이 수시로 모여드는, 홍어찜과 과메기, 한치회가 일품인 그 목로주점에서 자정이 넘은 밤늦은 시각 우리는 자주 만난다.

어느날 술이 얼큰하게 취한 그로부터 느닷없이 불쑥 "어디냐?" 하는 문자가 와 나가보면 그는 그곳에 앉아 있다. 그리고 특유의 코끝 찡긋거리는 환한 웃음과 함께 "미안해"를 연발한다. 그럴 때의 그는 또 영락없는 소년이다. 술과 안주와 노래가 있는 소박하고 정겨운 그곳에서 그는 흥이 나면 배호의 노랫가락을 흥얼거리기도 하고 돌연 내게 노래를 청하기도 한다. 그렇게 밤은 깊어가고 새벽이 밝아오고 한세월은 흐른다.

미술과 집 짓는 일에 남다른 애정을 갖고 있고 뒤늦게 배운 탁구에 열을 올리고 있는 그는 등단 25년이 가까워오는 마흔여섯의 시인이지만 그 노련함 안에 들어앉은 만년청춘을 생각하면 언제나 젊디젊은 시인이다. 그의 문단이력에 맞춤하게 양옥과 한옥의 구조가 반반씩 섞인 그의 집 뜰 앞에는 '한아정(寒鴉亭)'이라는 정자가 있다. "춥고 배고픈 까마귀"라는 뜻으로 어느 노스님이 지어준 거라 한다.

그의 여섯번째 시집이 나오면 가을바람이 소슬한 어느날을 잡아 나는 다산의 '죽란시사첩(竹欄詩社帖)'을 흉내 내어 출판기념회를 빙자한 야회를 열어볼 모의를 하고 있다. 이웃 주민들인 배우와 가수와 연주자를 불러모아 작고 소담한 음악회를 마련할 생각이다. 시대가 하 수상하고 어지러

울수록 시와 춤과 노래는 더 필요한 것이므로.

지금은 세상을 떠난 그의 스승 오규원 시인이 생전에 그의 시를 두고 '김종삼과 박용래 사이 어디쯤엔가 있다'고 했듯이 그는 내심 조수(趙州)와 한산자(寒山子)의 삶을 부러워하고 있는지도 모른다. 혹은 그가 자주 입에 올리는 이백과 두보, 백낙천(白樂天)의 풍모를 닮고 싶어 하는지도 모른다. 그러나 내 보기에 배우의 천품을 타고난 그는 앞으로도 저잣거리를 유유히 배회하며 누에고치에서 실을 뽑아내듯 느릿느릿 절창을 부르고 다닐 것이다. 나는 가깝지도 멀지도 않은 거리에서 그를 바라보며 나이를 먹고 또 그렇게 늙어갈 것이다. 그가 좋아하는 사람들과 더불어 그가 사랑하는 음악을 들으며, 그렇게, 그가 흠모하는 글을 읊으며.

崔昌根 | 극작가

　춘천휴게소 뒤편 산등성이었다. 바람이 잣나무를 밀어 흔들고 있었다. 주변이 모두 헌걸스러웠다. 그늘에서 한 남자가 처음 보는 악기를 안고 앉아 줄을 고르고 있었다. 팔이 길어 저편으로 갔다가 오듯 하였다. 한나절이나 계속되었다. 줄 하나하나마다에서 서로 다른 빛이 떨리는 듯했다. 몇개인지는 모르는 현이 모두 조율되었고 저녁이었다. 어둠은 맑았으나 두터웠다. 그 사람의 연주인 양 더듬더듬 산등성이 아래에서까지 별이, 어둠이 빛났다.

　그 악기의 이름이 혹 시였을까? 그가 조율하던 것이 혹 사랑이었을까?

　나는 지금 정작 그가 남자였는지 여자였는지도 애매하며

그가 조율하던 것이 악기였는지 비루한 인생이었는지도 잘 알 수 없다. 다만 그 풍경이 선명할 뿐. 세상에서 가장 긴 하루였다.

　오년 만에 여섯번째 시집을 낸다. 길지 않은 시간이지만 그 간격이 늪만 같다. 늪을 건너기란 쉽지 않다.

이천십년 팔월

원주 토지문화관 귀래관에서 장석남 묵묵……

창비시선 317

뺨에 서쪽을 빛내다

초판 1쇄 발행 / 2010년 8월 20일
초판 11쇄 발행 / 2025년 5월 26일

지은이 / 장석남
펴낸이 / 염종선
책임편집 / 전성이 한진금
펴낸곳 / (주)창비
등록 / 1986년 8월 5일 제85호
주소 / 10881 경기도 파주시 회동길 184
전화 / 031-955-3333
팩시밀리 / 영업 031-955-3399 편집 031-955-3400
홈페이지 / www.changbi.com
전자우편 / lit@changbi.com

ⓒ 장석남 2010
ISBN 978-89-364-2317-9 03810